푸른 꽃의 나라

*The Land of
the Blue Flower*

조현희 옮김

한국어의 운율과 느낌을 이야기에 담아내고 싶어 번역의 세계로 뛰어들었다. 서로 다른 언어를 하나의 의미로 연결하는 데 큰 보람을 느낀다. 『푸른 꽃의 나라』를 우리말로 옮겼다.

The Land of the Blue Flower
by Frances Hodgson Burnett

Korean Translation Text Copyright ⓒ 2024 by Huiyubooks
Illustrations Copyright ⓒ 2024 by Yssey
All right reserved.

이 책의 한국어판 저작권은 희유 출판사에 있습니다.

저작권법에 의해 한국 내에서 보호를 받는 저작물이므로 무단 전재와 무단 복제를 금합니다.

푸른 꽃의 나라

프랜시스 호지슨 버넷 원작

실 그림 · 조현희 옮김

목차

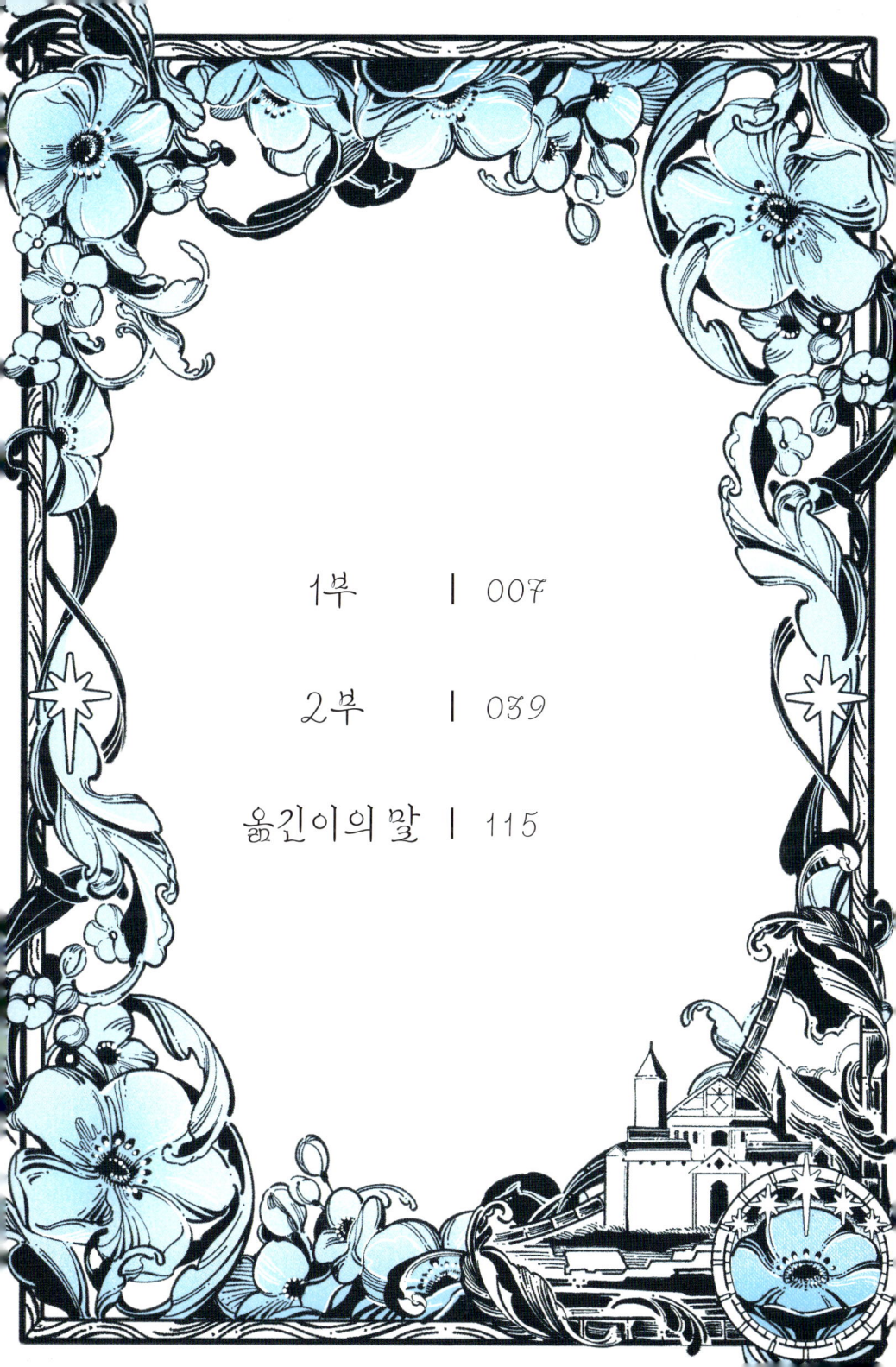

1부 | 007

2부 | 039

옮긴이의 말 | 115

푸른 꽃의 나라는 키가 크고 강하며 아름다운 아모르 왕이 험준한 바위산에서 내려와 통치를 시작하기 전까지는 그 이름으로 불리지 않았습니다. 이전까지는 모드레스 왕의 나라로 불렸으며, 초대 왕인 모드레스가 사납고 잔인한 왕이었기 때문에 그것은 퍽 우울하게 들렸습니다.

아모르가 태어나기 몇 주 전, 병약하고 이기적인 한 소년의 아버지가 사냥 중에 살해당했습니다. 소년은 아모르의 아버지였으며 선대와 똑같이 모드레스 왕이라고 불렸습니다.

아모르의 어머니는 맑은 눈을 가진 현명한 여인이었으나 그가 태어난 지 몇 시간 되지 않아 죽었습니다. 하지만 그날 이른 아침에 그녀는 현존 최고령자이자 세계 제일의 현자를 불러오라고 사람을 보냈습니다. 왕비의 존경하는 벗이자 스승이었던 그는 오래전에 산속 동굴로 달아났었습니다. 나라에 만연한 기근과 분쟁, 그리고 서로 증오하는 사람들을 보고 싶지 않다며 말이지요.

그는 거인에 버금가는 몸집에 심해와 같은 크고 푸른 눈을 가진 놀라운 노인이었습니다. 어진 여왕의 맑은 눈과 꼭 닮은 두 눈은 만물을 꿰뚫는 것만 같았고, 그 안에 담긴 생각은 하나부터 열까지 훌륭하고 위대해 보였지요. 위풍당당하게 거리를 활보하는 그를 본 사람들은 일말의 두려움까지 느낄 정도였습니다. 그는 이름이 없어 그저 태고의 존재라고

불렀습니다.

   사랑스러운 여왕은 금색과 상아색 침대에 누워 있었습니다. 그녀는 섬세하게 수놓인 침대보를 젖히고 바로 옆에서 잠이 든 작은 아이를 보여 주었습니다.

   여왕은 말했습니다.

   "아이는 장차 왕이 될 것입니다. 오로지 당신만이 내 아들을 도울 수 있습니다."

   태고의 존재는 아이를 내려다보더니 말했습니다.

   "길고 강한 팔다리를 가지고 있는 걸 보니 위대한 왕이 되겠군. 아이를 내게 다오."

여왕은 갓 태어난 아기를 품에 안으며 재촉했습니다.

"궁전 앞에서 싸우는 소리가 들리는군요. 빨리 아이를 데려가세요. 험준한 바위산 위의 성으로요. 아이가 왕위에 오를 나이가 될 때까지 돌아와서는 안 됩니다. 구름이 태양을 가리면 나는 살아남지 못할 것입니다. 당신과 함께라면 내 아들은 왕이 마땅히 알아야 할 것을 배울 수 있겠죠."

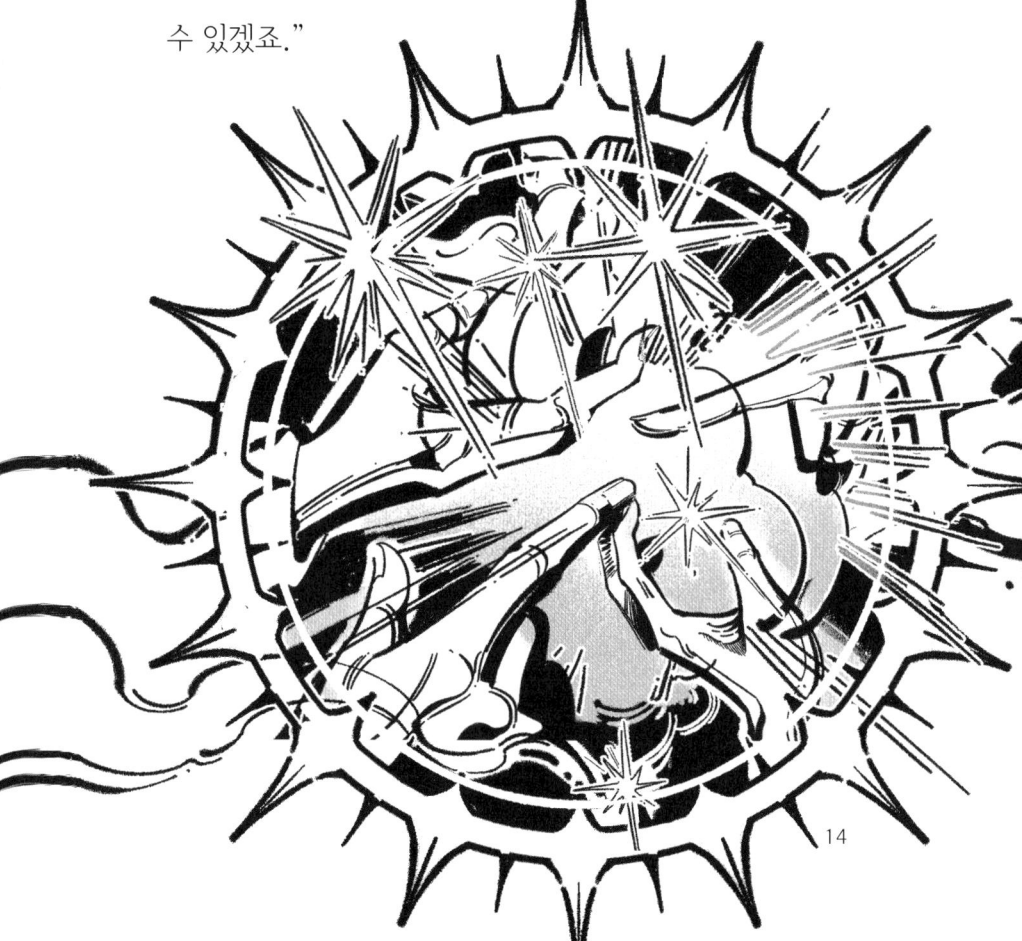

태고의 존재는 아이를 들어 올려 긴 회색 망토로 감싸고 위풍당당하게 성문을 통과했습니다. 두 사람은 추악한 도시를 지나 평야를 거쳐 산을 향해 나아갔습니다. 가파른 비탈을 오르기 시작했을 때, 해는 이미 지고 있었습니다. 사방에 자라는 야생화와 관목, 큰 바위 위로 황금색 장밋빛 노을이 쏟아져 천지 분간을 어렵게 했습니다. 그러나 태고의 존재는 인도자가 없더라도 세계 어느 곳에서든 길을 찾을 수 있었죠. 산을 오르고 또 오르는 동안에, 어린 아모르 왕은 회색 망토에 싸여 새근새근 잠을 잤습니다.

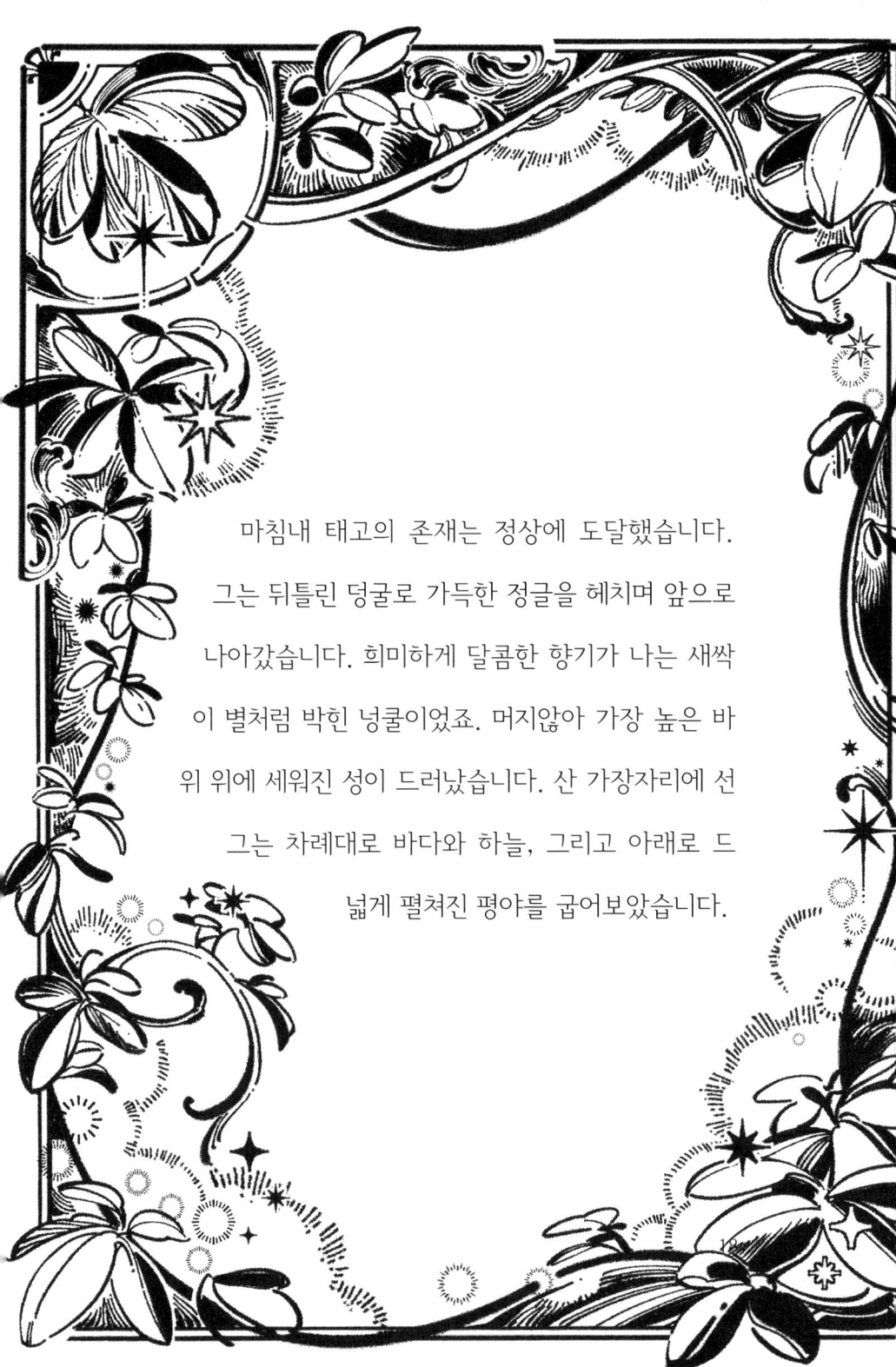

마침내 태고의 존재는 정상에 도달했습니다. 그는 뒤틀린 덩굴로 가득한 정글을 헤치며 앞으로 나아갔습니다. 희미하게 달콤한 향기가 나는 새싹이 별처럼 박힌 넝쿨이었죠. 머지않아 가장 높은 바위 위에 세워진 성이 드러났습니다. 산 가장자리에 선 그는 차례대로 바다와 하늘, 그리고 아래로 드넓게 펼쳐진 평야를 굽어보았습니다.

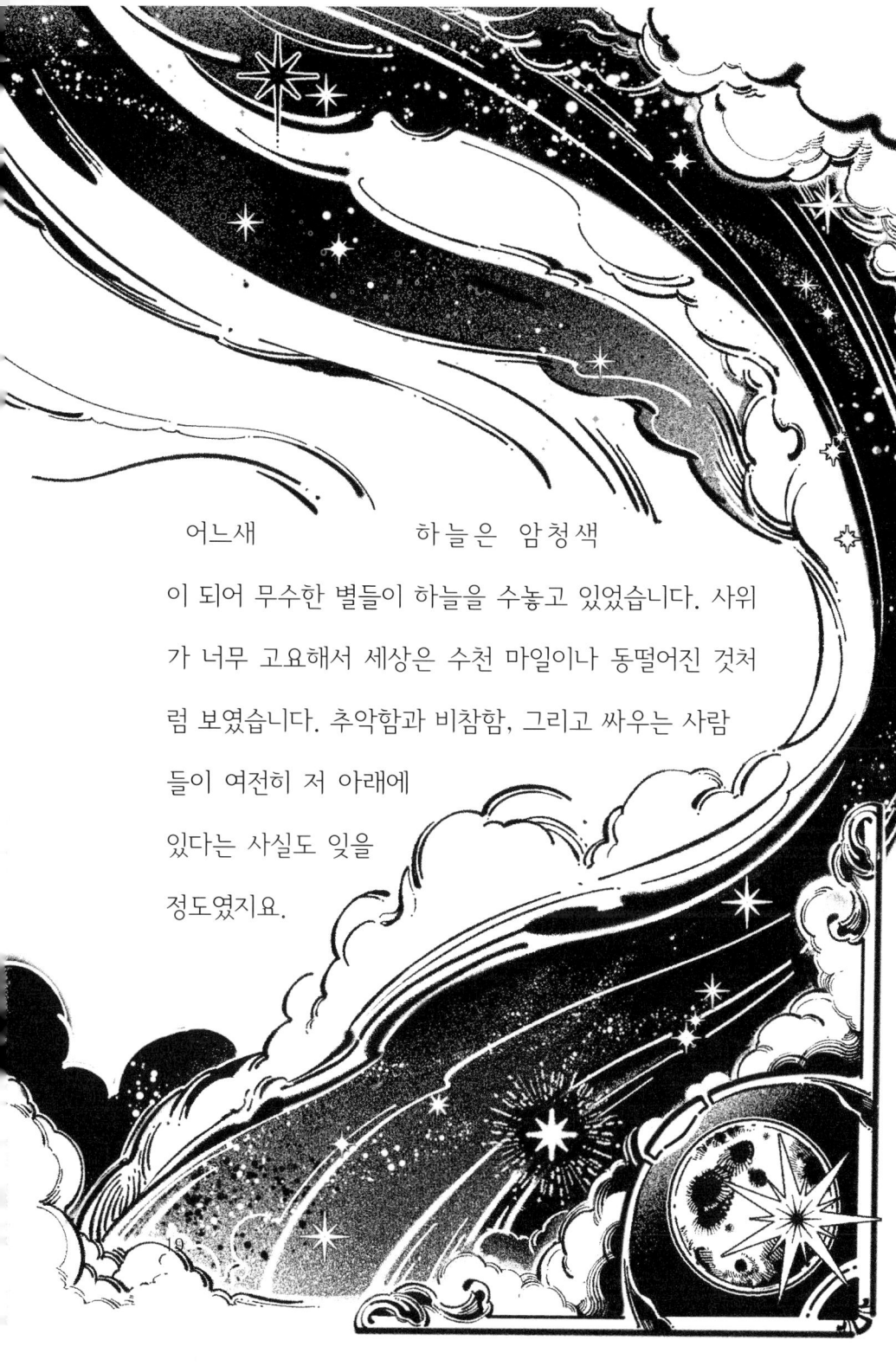

어느새 하늘은 암청색이 되어 무수한 별들이 하늘을 수놓고 있었습니다. 사위가 너무 고요해서 세상은 수천 마일이나 동떨어진 것처럼 보였습니다. 추악함과 비참함, 그리고 싸우는 사람들이 여전히 저 아래에 있다는 사실도 잊을 정도였지요.

태고의 존재가 아모르 왕을 회색 망토에서 꺼내어 향기로운 이끼 카펫 위에 눕혔습니다. 그때, 달콤하고 시원한 바람이 그들을 감싸 안았습니다.

그는 말했습니다.

"손을 뻗으면 별에 닿을 것만 같군. 어린 왕이여, 어서 눈을 떠 그들이 얼마나 가까이 있는지 보시오. 이들은 당신의 형제요. 친애하는 바람이 나무 형제의 숨결을 당신에게 선사하고 있소. 이곳이 바로 그대의 고향이나니."

그 순간 칠흑 같은 어둠 속에서 아모르 왕이 눈이 반짝였습니다. 그는 머리 위에서 빛나는 별을 보며 웃었습니다. 태어난 지 채 하루가 되지 않은 아이는 작은 손을 들어 이마에 가져다 대기까지 했습니다.

태고의 존재가 감탄했습니다.

"왕을 따르는 충신을 보는 것 같구나. 경례가 무슨 의미인지도 모를 터인데."

오랫동안 버려졌던 성은 그럼에도 거대하고 화려했습니다. 3대에 걸친 왕족들은 높은 장소에서 세상을 굽어보는 데 관심을 두지 않았습니다. 그들은 그곳에 바람과 나무, 그리고 별이 있다는 것도 몰랐습니다. 왕족들은 통치하는 도

시의 평야에 살면서 사냥하고 폭동을 일으키고 가뜩이나 비참한 백성들에게 무거운 세금을 부과하기 바빴습니다. 방치된 성은 그동안 몇 번의 여름과 겨울을 맞이했습니다. 성벽과 탑은 하늘에 맞닿을 듯이 꼿꼿이 솟아 있고, 내부에는 수백 명의 손님을 수용할 수 있는 큰 연회장과 객실이 있었습니다. 수천 명의 군인을 위한 숙소와 토너먼트를 열 수 있을 만큼 넓은 안마당도 딸려 있었지요.

그 광활하고 화려한 성에는 어린 아모르 왕과 태고의 존재, 그리고 그만큼이나 나이 든 하인 한 명뿐이었습니다. 다행히 두 성인은 나이를 먹지 않는 비밀을 알고 있었습니다. 만물을 형제로 여기며 사는 법을 말입니다. 분노나 사악한 생각

을 품을 줄 모르는 사람에게는 적이 없기 마련입니다.

그들은 강하고 정직하며 현명하기까지 했습니다. 세상에서 가장 사나운 짐승조차도 가던 길을 멈추고 인사를 건넬 정도였지요. 심지어 두 사람은 짐승의 말을 알아들을 수 있었습니다. 마음속에 어두운 생각을 담지 않았기에 두려움을 몰랐고, 두려움을 몰랐기에 사나운 짐승 역시 그들에게서 무엇도 느낄 수 없었습니다. 서로의 말이 서로에게 분명했던 것입니다.

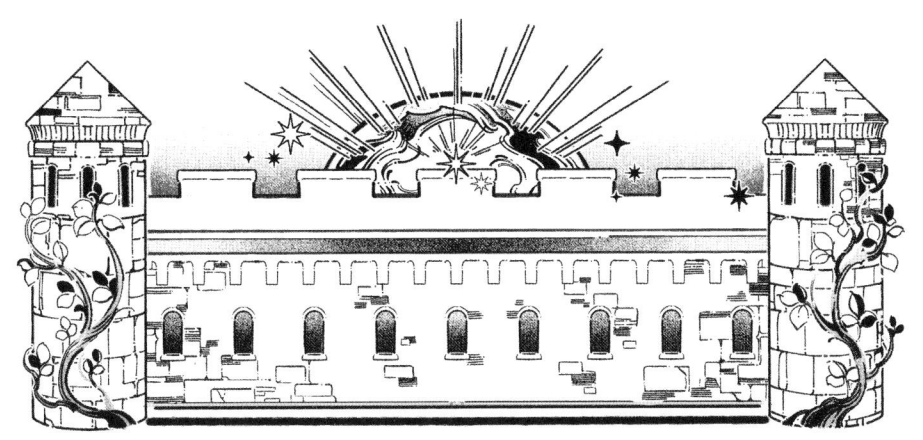

매일 새벽마다 그들은 성벽으로 나가서 보랏빛 바다 위로 찬란한 태양이 서서히 떠오르는 광경을 보았습니다. 어린 아모르 왕이 기억하는, 그리고 앞으로도 영원히 기억할 최초의 날은 태고의 존재가 부드럽게 그를 깨운 새벽녘입니다. 그가 회색 망토로 감싼 자신을 데리고 구불구불하고 좁은 돌계단을 올라 마침내 거대한 성의 꼭대기에 발을 디뎠을 때 말입니다. 작디작은 아이의 눈에는 성이 너무 높아 마치 하늘과 맞닿을 듯했더랍니다.

태고의 존재가 말했습니다.

"곧 해가 떠서 세상을 깨울 것이다. 어린

왕이여, 그 경이로움을 지켜봐라."

아모르는 작은 머리를 들어 올렸습니다. 그는 이제 막 사물을 이해하기 시작할 나이였지만, 이미 태고의 존재의 모든 것을 사랑하고 있었습니다.

바위산 아래에 까마득한 바다가 펼쳐져 있습니다. 모두가 잠든 밤에는 암청색이나 보라색이던 바다는 서서히 색을 바꾸는 중이었습니다. 하늘도 희디희게 변하고 있었는데, 그에 맞춰 바다 역시 희미하게 밝아졌습니다.

홍조가 발그레하게 땅과 물에 스

며들자 떠다니는 작은 구름까지도 장밋빛으로 물들었습니다. 나무와 덤불 사이에서 들리는 새들의 지저귐, 해수면에서 솟아오르는 황금색 빛, 파도 위에서 춤추는 반짝이는 포말이 아모르 왕을 미소 짓게 했습니다.

빛이 점점 더 높이 솟아 눈부신 아름다움을 뽐내자 그는 탄성을 지르며 작은 손을 내밀었습니다. 그 순간 바위에서 날아온 거대한 새 한 마리가 거칠게 푸드덕거리며 빛나는 아침 하늘로 솟구쳤습니다. 아모르는 재빨리 물러섰습니다.

태고의 존재가 달래듯 말했습니다.

"이웃에 사는 독수리다. 일어나자마자 태양께 인사를 하려는 모양이군."

어린 왕이 황홀함에 휩싸여 꼿꼿이 앉아 있을 때, 그는 세상의 끝에서 찬란한 금과 불로 만들어진 공 하나가 눈부신 광채와 함께 나타나는 것을 보았습니다. 그는 그제야 그것이 태양임을 알게 됐습니다.

태고의 존재가 말했습니다.

"매일 새벽 태양은 이렇게 솟아오른다. 앞으로 함께 일출을 볼 때마다 이야기를 하나씩 들려주마."

그리하여 아모르는 성벽에 앉아 태고의 존재가 해 주는 이야기를 듣기 시작했습니다. 어두운 땅속에 숨어서 태양의 황금빛 열기를 기다리던 작은 알갱이가 마침내 물결치는 밀이 되어 경작지를 가득 덮고 만인을 위한 빵이 되는 이야기, 아름다운 꽃의 씨앗이 온기를 받아 무르

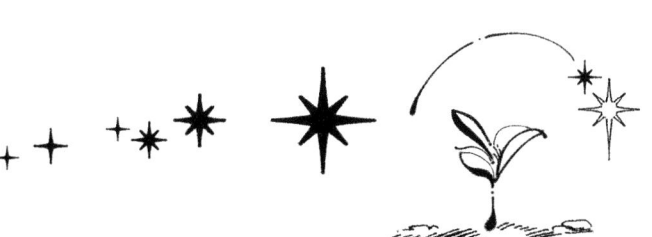

익어 결국

향기롭게 만개하는 이

야기, 열기 덕분에 뿌리가 자라고 수액이

풍부해진 나무가 여름 바람에 큰 가지와 무성한 잎사귀

를 흔드는 이야기, 황금빛 태양에 기뻐하며 경쾌하게 걷

는 어른과 아이의 이야기…

"태양은 날마다 세상을 따뜻하게 밝혀주고 만인을 빛으로 이끈다. 하루하루 곡식을 익게 하고 생명을 부여하기까지 해. 그런데 그 경이로움을 잊어버리는 사람이 적지 않다. 어린 왕이여, 걸을 때 머리를 높이 들고 하늘을 보라. 태양이 거기 있다는 것을 잊어서는 안 된다."

그들은 새벽마다 그날의 경이로움을 함께 보았습니다. 처음으로 하늘에 회색 구름이 걸리고 태양이 세상의 끝 너머에서 모습을 드러내지 않자, 태고의 존재는 또 다른 이야기를 들려줬습니다.

"불타는 황금은 얄궂은 회색과 보라색 뒤에 있다. 부슬비를 머금은 구름은 무겁기 마련이지. 무게를 이기지 못하면 가벼운 소나기나 엄청난 폭풍이 되는데, 그때 메마른 지구는 하늘에서 떨어지는 물을 받아 마신다. 곡식에서부터 씨앗, 뿌리까지도 말이다. 온 세상이 새로운 탄생으로 기뻐하며 풍요로워질 것이다. 샘물은 수정처럼 솟아오르고, 시냇물은 푸른 숲속을 따라 졸졸 흐르겠지.

소들이 목을 축이는 곳마다 깨끗한 물이 가득 차오르고, 누구나 시원한 안식을 누릴 수 있을 것이다. 어린 왕이여, 한 걸음마다 머리를 높이 들고 하늘을 보아라. 구름 역시 그곳에 있나니."

매일 이런 말을 듣던 아모르 왕은 태양과 구름의 의미를 배우며 점차 그것들을 사랑하게 됐습니다. 스스로를 그들의 형제라고 생각할 정도였습니다.

다음 날 아모르는 처음으로 폭풍을 보게 됐습니다. 태고의 존재와 함께 성벽에 올라갔을 때의 일입니다. 보랏빛 하늘이 찬란한 번개의 창에 찢기는 동안 검은 구름은 홍수를 쏟아냈습니다. 사방에서 울려 퍼지는 천둥은 인간의 눈으로는 볼 수 없는 것을 산산조각 내는 것처럼

보였고, 바위산의 성 주변에서 휘몰아치는 바람은 탑을 치고 거대한 나뭇가지를 흔들고 비를 휘저어 땅에 흩뿌렸습니다.

아모르 왕은 어린 병정처럼 힘주어 꼿꼿이 서 있었지

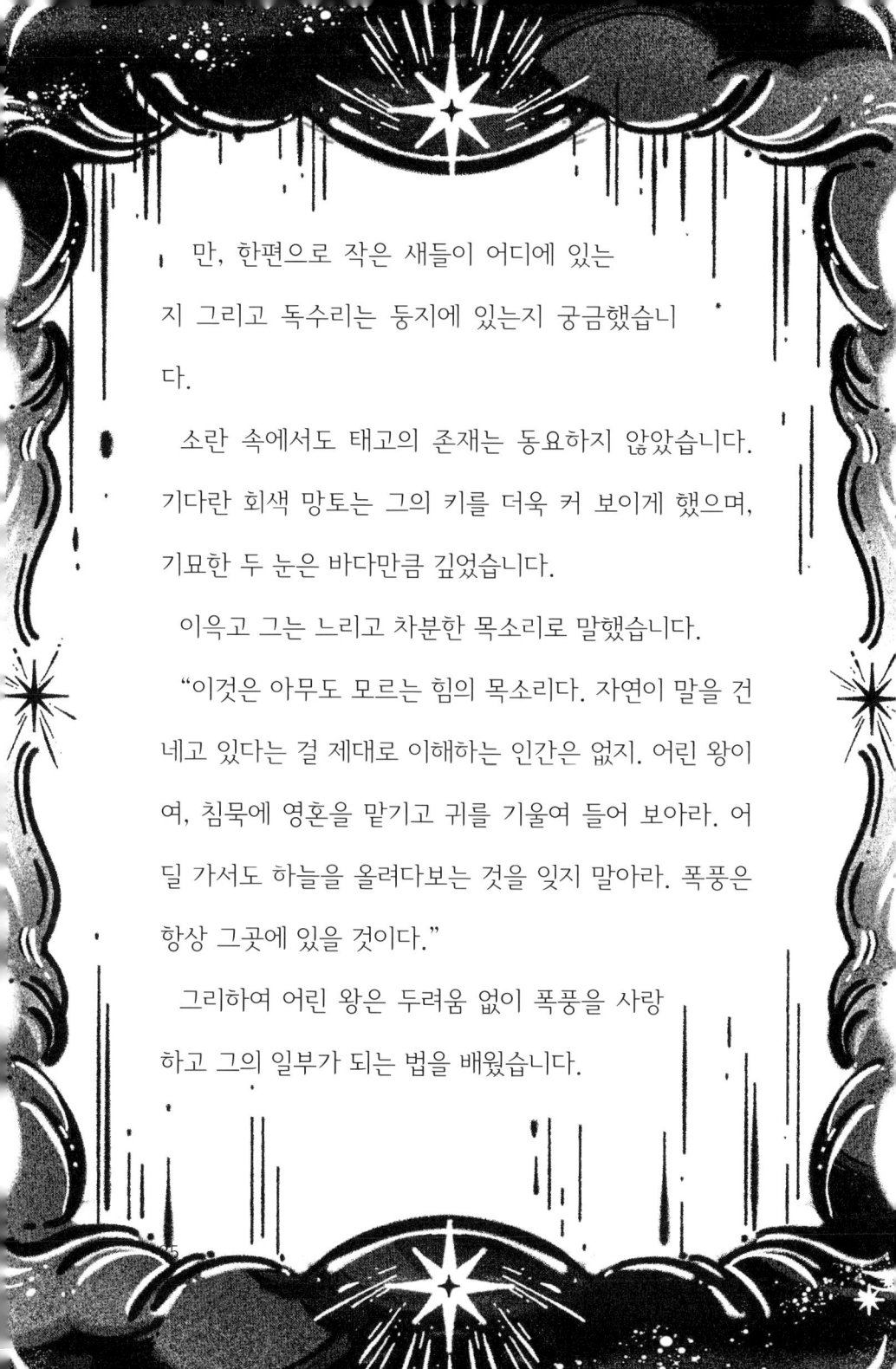

만, 한편으로 작은 새들이 어디에 있는지 그리고 독수리는 둥지에 있는지 궁금했습니다.

소란 속에서도 태고의 존재는 동요하지 않았습니다. 기다란 회색 망토는 그의 키를 더욱 커 보이게 했으며, 기묘한 두 눈은 바다만큼 깊었습니다.

이윽고 그는 느리고 차분한 목소리로 말했습니다.

"이것은 아무도 모르는 힘의 목소리다. 자연이 말을 건네고 있다는 걸 제대로 이해하는 인간은 없지. 어린 왕이여, 침묵에 영혼을 맡기고 귀를 기울여 들어 보아라. 어딜 가서도 하늘을 올려다보는 것을 잊지 말아라. 폭풍은 항상 그곳에 있을 것이다."

그리하여 어린 왕은 두려움 없이 폭풍을 사랑하고 그의 일부가 되는 법을 배웠습니다.

어쩌면 당연하게도, 그는 형제이자 가장 사랑하는 존재인 별을 누구보다도 가깝게 여기고 있었습니다. 인생의 첫날 밤, 향기로운 이끼 위에 누워 자신도 모르게 경의를 표했기 때문인지도 모릅니다.

태고의 존재는 처음 몇 해 동안 화창한 밤마다 왕을 성벽에 데려갔습니다. 아모르가 무수히 빛나는 별들 아래에서 잠을 청할 수 있도록요. 잠들기 전까지는 그를 팔에 안고 돌아다니기도 하고, 금과 같은 침묵 속에 함께 앉아 있기도 했습니다. 때로는 낮은 목소리로 경이로움을 이야기해 주었습니다.

그는 종종 아무 말도 하지 않고 높다란 천궁을 바라보기만 했습니다. 별이 그에게 말을 건네는 것처럼 보이기도 했고, 어린 왕에게 완전무결한 평화를 알려 주려는 것 같기도 했습니다.

태고의 존재는 말했습니다.

"오랫동안 별을 들여다본다면, 저절로 차분해지고 사소한 것은 잊기 마련이다. 별을 보고 있노라면 몇 가지 의문쯤이야 금세 해결할 수 있지. 우리가 발 딛고 서 있는 이 땅이 백만 개의 세계 중 하나에 지나지 않는다는 걸 알려주기 때문이다. 때때로 고요에 영혼을 맡기고 하늘을 올려다보면, 그들이 전하는 말을 이해할 수 있을 것이다. 언제나 그곳에 별이 있다는 것을 명심해라."

PART 2

어린 왕은 하루하루 세상이 경이로움과 아름다움으로 가득 차는 것만 같았습니다. 태양과 달, 폭풍과 별, 쏟아지는 빗살, 움트는 씨앗, 활공하는 독수리, 둥지에서 노래하는 작은 새들, 계절이 변할 때마다 위대한 고동색 땅이 선사하는 곡물과 과실…

태고의 존재는 말했습니다.

"그대는 경이로움으로 가득 찬 세상의 일부이다. 어린 왕이여, 항상 고개를 높이 들고 걷는 것을 잊지 말라. 하늘을 올려다볼 때마다 그대 자신도 이 놀라운 세상에 속한다는 사실을 떠올려라."

어린 왕은 절대 잊지 않았습니다. 그는 크고 맑은 눈에 즐거움을 가득 담고 만물을 둘러보며 자랐습니다. 바위산에 있을 때, 그는 하찮거나 아름답지 못한 말을 한 번도 듣지 못했습니다. 불친절하거나 저속한 생각을 한 적도 없었습니다.

혼자 돌아다닐 수 있는 나이가 되자마자 그는 거대한 산을 종횡무진 누볐습니다. 폭풍이나 들짐승을 두려워하지도 않았죠. 덥수룩한 갈기를 가진 사자 무리는 가까이 다가와 그

에게 아첨할 정도였습니다. 에덴동산에서 젊은 아담에게 그랬던 것처럼요. 아모르는 그들이 친구라는 것을 믿어 의심치 않았습니다.

   어린 왕은 들짐승 형제를 죽이는 사람이 있다는 것을 알지 못했습니다. 성의 넓은 안마당에서 그는 말을 타고 큰 힘을 다루는 법을 배웠습니다. 두려움을 배운 적이 없기에 무지에서 시작하는 것을 두려워하지 않았습니다.

열 살 무렵에는 무력과 아름다움이 열여섯 청년에 비견될 만큼 대단했고, 마침내 열여섯 살에 이르자 젊은 거인처럼 보일 정도였습니다. 폭풍의 형제요, 가까이에서 별이 가진 힘과 광채를 누린 그에겐 당연한 일입니다.

어느 날, 열두 살의 어린 왕은 이상하고 고통스러운 일을 겪었습니다. 바위산 아래 평원에 있는 그의 왕국에서 어리고 아름다운 말 한 마리를 보냈을 때의 일입니다. 일찍이 왕실 마구간에서 한 번도 태어나지 않았던 아주 훌륭한 말이었습니다.

말이 안마당에 도착하자 소년 왕의 두 눈은 기쁨으로 빛났습니다. 아침 내내 그는 말과 함께 장애물을 뛰어넘으며 훈련했습니다. 탑의 방에서 쉬던 태고의 존재가 환희와 격려의 함성을 들을 수 있을 정도였죠.

이윽고 왕은 훈련의 성과를 확인하기 위해 말을 끌고 구불구불한 산길로 나갔습니다.

귀성한 그는 즉시 태고의 존재를 찾아갔습니다. 보고 있던 거대한 책에서 눈을 뗀 태고의 존재는 소년 왕을 진지하게 바라봤습니다.

소년 왕이 말했습니다.

"성벽 위에서 할 말이 있어요."

그리하여 성벽에 오른 두 사람은 나란히 서서 아래에 펼쳐진 세상과 청록색 하늘을 바라봤습니다. 태고의 존재의 두 눈은 더욱 깊어졌습니다.

"무엇을 망설이나, 어린 왕이여."

아모르 왕은 마침내 말했습니다.

"무언가 이상한 일이 일어났습니다. 이전에는 경험하지 못한 감정을 느꼈어요. 우린 함께 고원의 들판을 돌아다녔는데, 어느 순간 말이 꼼짝도 하지 않았습니다. 나무 위의 어린 표범만 뚫어져라 보더라고요. 그 애는 갑자기 뒷발로 서더니 투레질했어요. 내 말을 무시하고 뒤로 물러서서 제자리를 빙빙 돌더군요. 진정시키려 했지만 통하지 않았어요. 말이 더 이상 나를 따르지 않는다는 사실을 깨닫자마자, 낯설고 새로운 감정이 온몸을 휩쓸었습니다. 몸이 뜨거워졌고 거울을 보지 않아도 얼굴이 새빨개졌다는 걸 알 정도였어요. 심장이 고동쳤고 정맥에선 피가 끓는 것 같았죠. 나는 거칠고 추악하게 고함쳤습니다. 그 순간에는 만물이 형제라는 사실도 잊고 주먹으로 몇 번이고 말을 때렸어요. 나와 내 말이 서로를 미워한다고 느꼈습니다. 아직도 열기가 느껴져요. 여전히 피곤하고 마음이 무겁고요. 즐거움은 전혀 느껴지지 않아요. 그 감정이 고통이었나요? 고통을 느껴 본 적이 없어서 모르겠어요. 그게 맞나요?"

태고의 존재가 대답했습니다.

"그보다 더 나쁘지. 그대가 느낀 것은 분노이다. 누구나 분노에 잠식되면 유독한 열병을 앓게 되지. 그가 가진 모든 장점이 사라지고, 자신과 타인을 지배할 수 있는 능력을 잃게 돼. 값진 일을 할 수 있는 시간을 낭비하는 셈이다.

세상에 분노만큼 헛된 것은 없다."

소년 왕은 오랫동안 성벽 위에 앉아 태고의 존재가 해주는 말을 들었습니다. 분노라는 독이 어떻게 혈관을 타고 흐르는지, 그리고 사람을 얼마나 약하게 만들 수 있는지에 대해서요. 분노는 가장 강한

사람조차도 바보로 만들 정도로 유독하다고 했습니다.

  그리하여 아모르 왕은 분노가 무익하다는 것을 배웠습니다. 그날 밤 소년 왕은 하늘 아래 누워 그의 형제인 수많은 별을 바라보며 마음을 가라앉혔습니다. 태고의 존재가 그에게 일러 주었던 것처럼 말입니다.

  "밤새도록 성벽 위에 누워 오직 고요와 별을 생각한다면 분노를 잊고 독도 사라질 것이다. 아름다운 생각을 마음에 품는다면 사악한 생각은 쫓겨나기 마련이다. 하늘의 별로 가득 찬 마음에는 어둠이 설 자리가 없을 테니."

<big>성</big>이 들어선 바위산 기슭의 고원에는 벽으로 둘러싸인 놀라운 정원이 있었습니다. 첫 번째 모드레스 왕과 결혼한 가련할 정도로 어린 왕비가 만든 정원이었습니다. 그녀가 죽은 뒤로는 관리 없이 방치되고 있었죠.

 태고의 존재와 그의 하인은 갓 태어난 아모르 왕을 바위산 꼭대기로 데려온 이후로 쭉 그곳을 가꿔 왔습니다. 아모르 왕 역시 작은 삽을 들 수 있게 되자마자 화원에 나갔습니다. 어떤 식물이라도 그의 손이 닿기 무섭게 마법처럼 자라났습니다.

아모르가 일하고 있을 때면 새와 벌, 나비는 삼삼오오 모여 주변을 빙빙 돌곤 했습니다. 어린 왕은 벌이 윙윙거리는 이유가 무엇인지 그리고 그들이 꿀을 모으기 위해 날아가는 곳이 어디인지 알고 있었습니다. 우연히 손가락에 내려앉은 나비는 기묘한 것을 알려 주곤 했습니다. 새는 여행기를 들려주고, 머나먼 이국에서 선물을 물어다 줬지요. 정원에 심으면 경이롭게 아름다운 꽃이 만발하는 씨앗이었습니다.

어린 왕을 아주 사랑하는 제비 한 마리는 멋진 땅을 보고 돌아오는 길에 황제의 비밀 정원에서 씨앗 하나를 가져와 선물하기도 했습니다. 비밀 정원은 황제의 노예 네 명 외에는 누구도 들어가지 못하는 곳이었습니다. 노예들은 그곳에서 태어나 평생토록 그 안에만 머물러야 했더랍니다.

아모르 왕은 순수한 기쁨을 느끼며 제비가 물어온 씨앗을 심었습니다. 그것은 점차 자라 세상에서 가장 아름다운 파란 꽃을 피웠습니다. 너무나도 순수하고 눈이 멀

정도의 강렬함을 뽐내는 보기만 해도 황홀한 푸른색이었습니다. 키가 큰 줄기에서 핀 꽃에서 그해에만 천 개의 씨앗이 나왔습니다.

아모르는 매년 더 많은 꽃을 심었고, 꽃은 매해 더 오랫동안 크고 아름답게 만발했습니다. 여름 바람이 은은한 향기 구름을 흔들어 바위산 아래로 퍼트릴 때면 모드레스 왕의 나라에 사는 비참한 백성들까지 다툼과 불행

을 잊을 정도였습니다. 그들은 심지어 무거운 머리를 들어 향기를 들이마시며 서로에게 묻곤 했습니다. 대체 바위산에서 무슨 일이 벌어지고 있는 것인지요. 아모르 왕은 매년 씨앗을 모아 이제는 사용하지 않는 성의 한 탑에 저장했습니다.

소년 왕은 날이 갈수록 크고 강해졌으며 더욱 현명하고 아름다워졌습니다. 잡초를 포함한 모든 식물, 네발 달린 짐승과 바람, 그리고 하늘을 수놓은 별이 그에게 경이로움과 지혜를 가르쳐 주었습니다. 곧게 직시하는 눈

빛은 믿기 어려울 만큼 눈부셔서 어떤 영혼도 꿰뚫어 보고 진실만을 말하게 할 것 같았습니다. 쇠막대를 맨손으로 두 동강 낼 수 있을 정도로 강하기도 했습니다.

아모르가 막 스무 살이 되었을 때, 태고의 존재는 그를 성벽 위로 데려갔습니다. 그에게 멀리까지 볼 수 있는 망원경을 준 태고의 존재는 수도가 있는 평야에서 벌어지는 일을 보라고 말했습니다.

얼마 지나지 않아 아모르는 운을 뗐습니다.

"많은 사람이 떼를 지어서 모여 있습니다. 펄럭거리는 색색의 깃발과 승리를 기념하는 아치 장식도 보입니다. 무언가 성대한 예식을 준비하는 것 같습니다."

태고의 존재가 말했습니다.

"대관식을 거행하기 위해 준비하는 것이다. 내일이면 저들은 그대를 이끌고 내려가 왕으로 칭송하겠지. 이날을 위해 세상의 온갖 경이로움을 가르치고, 어리석고 불명예스러운 일은 무익하다는 진리를 알려 주었다. 모두 그대가 왕국을 잘 다스릴 수 있도록 하기 위함이다. 이곳의 형제에게 배운 것은 바위산 아래의 또 다른 형제를 위한 것이나니. 그대는 저 아래서 아름답지 않고 부정하기까지 한 것을 볼 것이다. 그러나 젊은 왕이여, 그럴 때마다 하늘을 올려다보아라. 그곳에 해와 바람과 그리고 별이 있다는 것을 잊지 말라."

태고의 존재는 아모르를 바라보며 중얼거렸습니다.

"백성들 앞에 선다면 필시 젊은 신처럼 보이겠구나."

다음 날 아침, 화려한 행렬이 성으로 향하는 산길을 따라 구불구불 반짝였습니다. 앞줄에는 왕족과 귀족, 그리고 영주들이 있었습니다. 그들의 복식은 화려한 색상을 뽐냈으며, 호화로운 현수막과 깃발이 머리 위에서 흔들렸습니다. 말을 탄 그들 뒤로 금과 은으로 된 트럼펫 연주자가 잇따랐으며, 끄트머리에서는 수많은 백성이 행진하고 있었습니다.

태고의 존재는 웅크린 사자 조각이 수호하는 드넓은 석조 테라스에 서 있었습니다. 그는 아모르 왕 옆에서 긴 회색 망토를 펄럭이며 외쳤습니다.

"들어라! 이분이 바로 너희 왕이니라!"

그 말을 들은 백성들이 아모르 왕을 쳐다보자, 과연 그것은 틀림없는 사실이었습니다. 주춤주춤 뒤로 물러난 그들은 두려움에 떨며 왕을 바라보았고, 마침내 많은 이들이 무릎을 꿇었습니다. 아모르 왕은 아름답고 젊은 거인이자 신처럼 보였습니다. 실제로 젊은 왕은 훌륭하고 힘센 젊은 청년에 불과했습니다. 단지 형제인 별들 가까이에 살며 어두운 생각을 품어 본 적이 없을 뿐이었지요.

누군가 황금 장식을 주렁주렁 매단 말을 데려왔습니다. 말에 올라탄 아모르 왕은 산비탈을 따라 성문을 넘어 왕국의 수도로 내

려갔습니다. 바람과는 달리 태고의 존재는 멀리서 그의 뒤를 따랐습니다.

대관식장으로 가던 아모르는 낯선 장면을 목격했습니다. 외벽을 수놓은 비단과 벨벳으로 장식한 부잣집보다 더러운 골목길과 불결한 거리, 그리고 다 쓰러져 가는 공동 주택이 더 눈에 띄었습니다. 그가 가까이 다가가자 의지할 곳 없는 어린아이들은 생쥐가 구멍으로 들어가듯 재빠르게 도망쳐 버렸고, 악랄해 보일 정도로 비참한 인상의 어른들은 군중 속에서 자리다툼을 벌였습니다.

매섭고 어딘가 궁상맞은 얼굴의 사람들은 모퉁이에서 그를 노려보고 있었습니다. 그들은 이웃을 미워하고 불신하느라 바빠서 웃는 법을 잊어버린

지 오래였죠. 백성들은 사악하고 이기적인 모드레스 왕의 후손인 아모르를 무서워하고 싫어했습니다.

 키가 크고 힘이 센 그가 잘생긴 머리를 높이 들어 자주 위를 올려다보자 그들은 젊은 왕을 더욱 두려워했습니다. 항상 고개를 숙이고 사는 그들은 발치의 먼지와 오물 혹은 다툼 외에는 아무것도 볼 수 없었기 때문에, 머릿속이 온통 공포와 추악한 생각으로 가득했죠.

 단박에 젊은 왕을 두려워한 걸로도 모자라 그들은 그가 거만하다고 의심했습니다. 다른 왕들보다 두 배는 강하고 잘생겼으니, 그만큼이나 악랄할 게 뻔하다고 말입니다. 누구든 낯선 사람이라면 못된 생각부터 품고 두려워하는 것이

그들의 본성이었습니다.

　말을 타고 행진하던 왕족과 귀족 들은 아모르 왕이 비참하게만 보이는 백성과 관리되지 않은 거리에서 눈을 돌릴 수 있도록 애썼습니다. 그들은 궁전과 장식, 그리고 발코니에 서서 그가 지나는 곳마다 꽃을 던지는 여인들을 언급했습니다.

　화려함을 칭찬한 아모르는 발코니를 향해 경례하며 밝게 빛나는 눈을 들어 여인들을 바라보았습니다. 꽃과 함께 몸을 던지기 직전 가까스로 멈춘 그들은 이토록 아름다운 왕이 즉위한 적은 이전에도 그리고 앞으로도 없을 것이라며 부르짖었습니다.

총리는 말했습니다.

"하층민은 보지 마십시오, 폐하. 그들은 사악하고 성미가 나쁜, 무가치한 불평꾼이자 도둑입니다."

아모르 왕이 대답했습니다.

"도울 방법을 모른다면 쳐다본들 아무 의미 없겠지. 어둠을 밝힐 줄도 모르면서 바라만 본다면 그게 다 무슨 소용이겠는가. 손쓸 일이 있다는 게 보이지만 아직은 무엇을 해야 할지 모르겠구나."

근처에서 말을 타고 있던 젊고 잘생긴 대공이 말했습니다.

"증오만 가득한 눈은 폐하를 노하게 할 뿐입니다."

아모르는 왕관 쓴 머리를 높이 들고 대답했습니다.

"분노는 시간 낭비이며 헛된 것이다."

해가 진 후에는 성대한 연회와 무도회가 잇따랐습니다. 신하와 왕족 들은 새로 즉위한 왕의 아름다움과 기품에 감탄했습니다. 그는 선대 모드레스 왕가의 누구보다 빛나고 매력적이었습니다.

아모르의 웃음은 충만한 기쁨으로 가득했습니다. 근처에 있던 사람들이 자신도 모르는 사이에 행복해질 정도였습니다.

무도회가 한창 무르익었을 때, 왕은 갑자기 중앙으로 나와 화려하기 짝이 없는 관중들을 향해 크게 선언했습

니다.

"수도의 드넓은 거리와 궁전, 그리고 온갖 아름다운 것은 이미 보았다. 이 순간부터는 좁은 골목과 아름답지 않은 것을 눈에 담을 것이다. 가련하고 불구이며 비참한 이들, 주정뱅이와 좀도둑을 굽어살피겠다."

모두가 소리 높여 항의했습니다. 애써 숨긴 것을 굳이 신경 쓸 필요는 없다면서요.

아모르 왕은 아름답고 기묘한 웃음을 지으며 말했습니다.

"말려도 소용없다. 당장 출발할 것이며, 태고의 존재를 제외한 누구도 따를 필요 없다. 무도회는 알아서 하라."

아모르는 회색 망토를 두른 태고의 존재와 함께 휘황찬란한 군중을 헤치고 나아갔습니다. 누구라도 그가 왕이라는 걸 알 수 있도록 머리에 쓴 왕관을 벗지 않은 채였습니다.

두 사람이 어두컴컴하고 구역질 나는 좁은 거리와 뒷골목을 거니는 내내 그곳에 사는 백성들은 쏜살같이 도망쳤습니다. 대낮에 빈민촌 아이들이 쥐구멍을 찾아 달아난 것처럼요. 아모르가 환히 빛나는 랜턴을 머리 위로 들어 올리지 않았다면 그들을 볼 수 없었을 테지요.

밝은 빛이 아름다운 얼굴을 비추자 머리 위의 왕관이 번쩍이며 그를 한층 더 젊은 신과 거인처럼 보이게 했습니다. 그러자 백성들은 그 앞에서 겁에 질린 채 수군거렸습니다. 대단한 왕께서 그들과 같이 비천한 이들 앞에 나타난 이유를 모르겠다면서요. 몇몇 어린이들은 그러거나 말거나 젊고 눈부시게 빛나는 왕을 향해 방실대기 바빴습니다.

  땅굴과 변두리에 사는 누구도 왜 왕이 야심한 시간에 대관식을 뒤로하고 그들을 찾아왔는지 몰랐습니다. 대부분은 아모르가 다음 날 아침에 모든 가옥을 불태우고 그들을 죽이리라고 생각했습니다. 해충을 박멸하는 것처럼 말이지요.

어둑한 영지를 가로지르고 있을 때 한 미치광이가 주먹을 휘두르며 달려와 그를 막아섰습니다.

그는 고함쳤습니다.

"우리는 당신이 싫어! 당신이 끔찍하다고!"

백성들은 앞으로 벌어질 일을 궁금해하며 공포에 질려 숨도 쉬지 못했습니다. 그러나 키가 크고 젊은 왕은 머리 위로 랜턴을 올리고 멈춰 서서 깊은 생각에 잠긴 눈으로 미치광이를 응시하기만 했습니다.

이윽고 왕이 말했습니다.

"세상에서 증오만큼 헛된 것은 없다. 그것은 그저 시간 낭비이다."

그러고는 아무 일도 없었다는 듯이 걸음을 옮겼습니다.

바랐던 모든 것을 눈에 담고 나자 그의 얼굴에는 깊은 수심이 내려앉았습니다.

　　다음 날 그는 말을 끌고 바위산의 성으로 돌아갔습니다. 밤이 되자, 아모르는 지난날 수도 없이 그랬던 것처럼 하늘과 맞닿은 성벽 위에 올라 누웠습니다. 별을 올려다보는 동안 부드러운 바람이 그의 뺨을 간지럽혔습니다.

　　아모르 왕은 그의 형제에게 말을 건넸습니다.

　　"무지한 아우에게 지혜를 빌려주소서."

　　그는 깊은 밤이 선사하는 감미로운 고요함이 영혼을 가득 채울 때까지 움직이지 않았습니다. 별이 희미해질 무렵에 이르러 아모르는 황홀한 평화를 느끼며 잠이 들

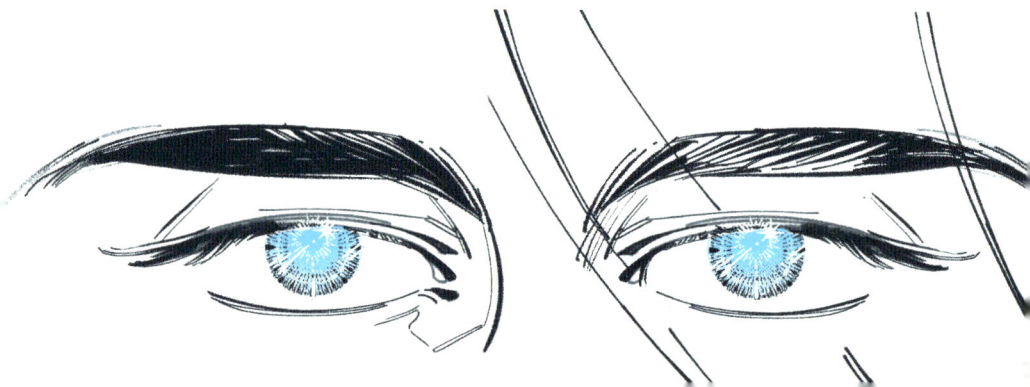

었습니다.

한편, 평야의 백성들은 왕의 다음 행보를 궁금해하며 기다렸습니다. 그 며칠 동안 그들은 어느 때보다 서로를 미워하며 다퉜습니다. 부자들은 그들끼리 시샘하면서 왕이 호의를 베풀기만을 바랐으며, 빈자들은 그들의 이웃이 배반하여 과거의 죄를 고할까 전전긍긍하며 왕을 두려워했습니다.

어느 날, 들판에서 함께 일하던 두 명의 소년이 말다툼하고 있었습니다. 그중 한 명이 갑자기 뭔가를 떠올린 것처럼 가만히 서더니, 이상하고 기묘한 목소리로 말했습니다.

"분노는 시간 낭비이며 헛된 것이다."

말을 마친 소년은 아무 일도 없었다는 양 다시 일하기 시작했고, 친구 역시 그를 따랐습니다. 잡초를 모두 뽑은 두 사람은 동시에 바로 전날 있었던 일을 떠올렸습니다. 요전번에 말다툼하느라 일을 끝내지 못한 그들은 보수를 받지 못했고, 집에 도착해서도 주먹다짐하는 데 정신이 팔려 결국 쫄쫄 굶을 수밖에 없었지요.

소년들은 결심했습니다.

"좋아, 더 이상 시간 낭비하지 말자."

다음 주 초엽 즈음에, 온 세상을 통틀어 가장 기이한 법이 제정됐다는 소문이 퍼졌습니다. 일명 푸른 꽃의 법이었죠. 꽃과 관련된 법일까요, 아니면 단지 이름만 본뜬 것일까요? 사람들은 법의 의미를 놓고 논쟁하

기 바빴습니다. 사악하고 두려운 일부터 떠올린 사람들은 입을 모아 말했습니다. 부자들이 그들을 모두 독살하기 위해 정원에 푸른 꽃을 심기 시작한 것이 틀림없다고요.

다투지 않는 사람은 오직 두 명의 소년과 친구들뿐이었습니다. 그들은 이미 '분노는 시간 낭비다.'라는 진리를 깨달은 후였기 때문이죠. 그중 가장 영리한 소년은 새로운 격언을 만들기도 했습니다.

그는 들판에 서서 고함쳤습니다.

"공포도 시간 낭비야! 해야 할 일이나 하자."

그리하여 그들은 일찍 일을 끝내고 놀 수 있었지요.

그러던 어느 날 아침, 새로이 즉위한 왕이 만백성을 위한 야외 축제를 개최한다는 소문이 퍼졌습니다. 도시 외곽의 평야에서 푸른 꽃의 법을 선포한다나요.

"드디어 최후의 날이 와 버렸군."

겁쟁이들은 평야로 향하는 내내 그렇게 중얼거리며 몸을 떨었습니다. 격언을 공유한 소년들 역시 그들이 하는 말을 들었습니다.

영리한 소년이 목청껏 소리쳤습니다.

"듣기도 전에 최악부터 생각하는 건 시간 낭비예요! 그렇게 헛되이 시간을 쓰다간, 축제에 늦어 버리고 말걸요."

아이의 목소리가 상당히 호소력 있고 쾌활했기 때문에, 실로 많은 사람이 그 말에 귀를 기울였습니다. 선대 모드레스 왕의 나라에서는 결코 들을 수 없던 목소리였습니다.

평야에는 짙푸른 풀이 우거져 있었고, 그 위로 아름다운 수목이 넓게 퍼져 있었습니다. 황금과 상아로 만들어진 아모르 왕의 의자와 꼭 어울리는 화려하게 장식된 단상도 보였습니다. 백성들이 어느 정도 모이고 나서야 비로소 아름답고 젊은 거인이 그들의 앞에 섰습니다. 꼿꼿이 든 얼굴에서 별을 수놓은 것 같은 두 눈이 빛나고 있었습니다.

이윽고 그는 남녀노소를 불문하고 공감을 자아내는 목소리로 법령을

읊기 시작했습니다. 그 목소리가 어찌나 울림이 있던지, 군중 끄트머리에서 웅크리고 있던 어린 절름발이에게 닿을 정도였습니다. 이미 보고 듣기를 포기한 아이였는데도요.

내용은 다음과 같았습니다.

"나는 산꼭대기에 피는 푸른 꽃이 기껍다. 내 형제인 제비가 황제의 비밀 정원에서 그 씨앗을 물어다 주었다. 푸른 꽃은 여명의 하늘만큼이나 아름다우며 기묘한 힘까지 가졌다. 불행을 물리치는 걸로도 모자라서 그것의 기원인 어두운 생각까지도 없애 버리지. 어둡고 사악한 생각같이 헛된 것 말이다. 지금부터 새로운 법령을 선포하겠다. 하루 뒤, 남녀노소 심지어 갓난아이까지 포함한 왕국의 모든 이들에게 씨앗을 나눠 줄 것이다. 젖먹이를 비롯한 너희 모두는 법령에 따라 푸른 꽃을 심고 가꾸며 보살펴야 한다. 누구나 씨앗의 성장을 위해 일정 부분 노력해야 한다. 누가 도와준다면 갓난아이라도 작은 손으로나마 땅에 씨앗을 떨어트릴 수 있겠지. 아이가 자라면 보호자는 반드시 갈색 토양에 움튼 초록색 새싹을 보여 주어야 한다. 싹이 장차 푸른 꽃이 된다는 사실을 계속해서 말해 주면서 말이다. 사랑스러운 꽃이 피어 선명한 색깔에 기뻐할 때 즈음, 행복과 행운의 마법이 효력을 발휘하기 시작할 것이다. 다시 한번 말하지만, 구역마다 한 명이 아닌 개개인 모두가 꽃을 심어야만 한다. 경작할 땅이 없어도 걱정하지 말라. 길가나 벽 틈, 오래된 상자나 유리 혹은 욕조, 아니면 누군가의 밭이나 정원에 있는 빈 땅에 심는 것도 허용한다. 중요한 것은 씨앗을 심고 가꾸며 보살피는 일이다. 내년에 푸른 꽃이 만발하면, 왕국을 돌며 합당한 보상을 수여하겠다. 이것이 바로   새로운 법이다."

몇몇 겁쟁이들은 신음했습니다.

"꽃을 피우지 못하면 무슨 끔찍한 일이 닥칠까?"

영리한 소년이 맞받아쳤습니다.

"그런 생각은 시간 낭비예요! 일단 심어 봐요!"

총리와 그의 추종자들은 수많은 범죄자를 가두기 위해 더 크고 튼튼한 감옥을 세워야 한다고 말했습니다. 또한 나라를 빈곤에서 구하기 위해 백성들에게 더 무거운  세금을 거둬야 한다고도요. 그럴 때마다 아모르 왕의 대답은 한결같았습니다.

"푸른 꽃이 필 때까지 기다리시오."

얼마 지나지 않아 모든 사람이 밖으로 나와 땅을 파기 시작했습니다. 남자와 여자는 물론 어린아이들까지도요. 이전에는 일한 적이 없는 도둑과 주정뱅이, 게으름뱅이들까지 땅굴과 변두리에서 벗어나 태양 아래로 나왔습니다. 고작 몇 개의 꽃씨를 심는 것이 그렇게 힘들지도 않았거니와 너무나 훌륭하고 위엄 있는 눈을 가진 아모르 왕이 누구보다 강해 보였기 때문입니다. 그런 왕이 어떤 형벌을 내릴지 몰랐으므로 명령을 거역하기 두려웠던 것입니다.

그런데 어찌 된 영문인지, 한동안 향기로운 땅에서 다른 이들과 함께 일하며 햇빛과 신선한

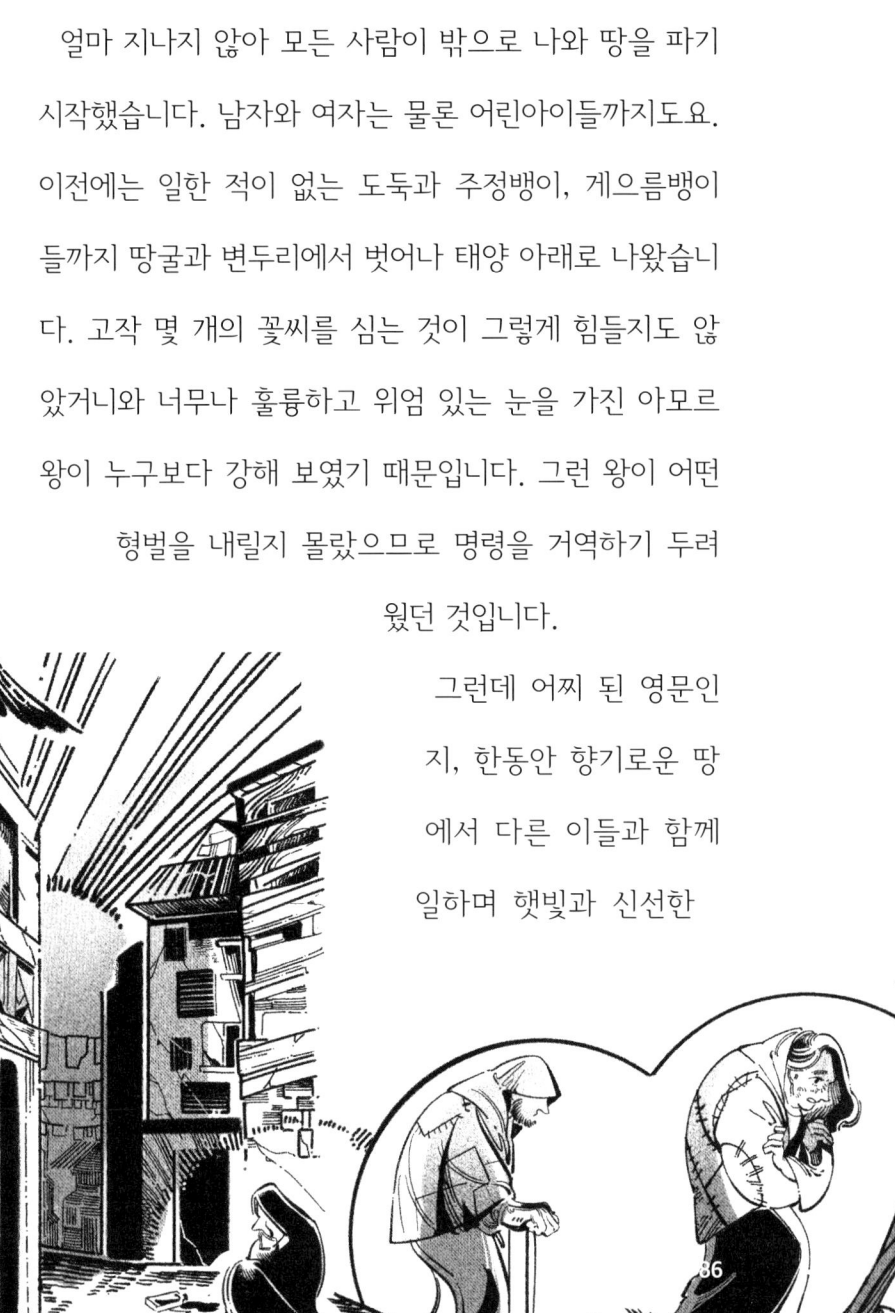

공기를 맞으니 기분이 훨씬 좋아졌습니다. 바람은 그들의 사악한 상상과 두통을 날려 버렸고, 푸른 꽃의 마법에 대해 호기심 어린 대화를 나누면 나눌수록 흥미는 커지기만 했습니다. 꽃이 피었을 때 어떤 마법 같은 일이 생길지 보고 싶어졌습니다.

　누구도 이전에 꽃을 키워 본 적이 없었으므로 그들은 점차 그것에만 몰두했습니다. 푸른 꽃 이야기를 나누는 데 험한 말이 오갈 이유가 없었기 때문에 다툼이 줄어들었습니다. 최악의 게으름뱅이조차도 호기심을 가질 정도였고, 모두가 저마다의 실험을 하기 바빴습니다. 아이들은 땅을 파고 물을 주고 꽃을 돌보며 기뻐했고 뺨을 장밋빛으로 물들이며 진심으로 행복해했습니다.

온갖 신기한 일이 잇따라 벌어졌습니다. 시작은 푸른 꽃을 키우는 사람들이 주변의 땅까지 정돈하는 것부터였습니다. 바닥을 뒹구는 종잇조각과 쓰레기가 싫었던 그들은 그것들을 치웠습니다.

가장 생소했던 일은 그들이 때때로 조금이라도 서로를 도왔다는 것입니다. 절름발이와 약자 들은 그제야 혼자가 아니라는 걸 알게 됐습니다. 허리가 아플 때 대신 물을 길어오거나 잡초를 뽑아 주는 튼튼한 사람들이 있었거든요. 선대 모드레스 왕의 나라에서는 아무도 서로를 돕지 않았더랍니다.

영리한 소년은 다른 누구보다 많은 일을 해냈습니다. 할 수 있는 대로 아이들을 불러 모은 그는 예의 그 격언을 사용하는 단체를 만들었습니다. 시간이 흘러 단체는 소규모 군대 같아졌습니다. 그들은 스스로를 푸른 꽃의 연대라고 불렀으며, 소년이든 소녀이든 언제나 격언을 되새기며 행동해야 했습니다. 그리하여 다수가 모여 언성을 높이는 일이 생길라치면, 어디선가 낭랑한 함성과도 같은 맑고 앳된 목소리가 울려 퍼지곤 했습니다.

"분노는 시간 낭비다!"라거나 "증오만큼 헛된 것은 없다!" 혹은 "걱정부터 할 필요는 없다! 그건 시간 낭비일 뿐이다." 따위의 소리였지요.

한편, 대부호들 사이에서도 이례적인 일이 생겼습니다. 어슬렁거리며 방탕하게 하루를 낭비하던 그들은 어쩔 수 없이 아침 일찍 일어나 정원에서 일해야 했습니다. 그들은 곧 가벼운 운동과 신선한 공기가 몸과 마음을 건강하게 한다는 것을 깨닫고 그 일을 좋아하기 시작했습니다.

궁녀들 역시 안색이 좋아지고 성격이 온화해지는 장점을 알게 됐으며, 바쁜 상인들은 머리가 맑아진다는 것을 발견했습니다. 야심 찬 학생들은 아침 저녁으로 한 시간씩을 푸른 꽃밭에 할애하면 피로 없이 두 배나 오래 공부할 수 있다는 사실을 깨달았습니다.

왕족과 귀족의 자녀들은 땅과 씨앗에 대해 의논하는 것만으로도 너무 바빠서, 말다툼을 벌이거나 궁정에서 중요한 일을 맡은 상대를 질투하는 것도 잊을 정도였습니다.

기이하고 흥미로우며 경이로운 일이 너무 많아 한 번에 말할 수 없을 지경이었습니다. 암울함으로는 둘째가라면 서러울 모드레스 왕의 나라에서 말입니다. 그 모든 일이 단지 푸른 꽃을 심고 보살피며 하루하루를 보낸 덕분에 생겼습니다. 부자와 빈자, 노인과 청년, 그리고 선한 사람과 악한 사람 모두가 말이죠.

오! 가장자리나 틈새, 그리고 온갖 해괴한 장소에서 처음으로 여린 녹색 싹이 땅을 뚫고 나왔을 때의 짜릿한 전율이란! 첫 새싹이 모습을 드러냈을 때, 흥분의 물결이 온 세상을 휩쓸었더랍니다. 다들 그것에만 몰두하느라 겁쟁이들조차도 푸른 꽃을 피우지 못했을 때 아모르  왕이 무슨 해코지를 할까 수군대는 것을 잊을 정도였죠.

그 일을 통해 그럭저럭 용기를 얻은 사람들은 푸른 꽃을 피울 수 있다고 생각하기 시작했습니다. '꽃이 안 피면 어떡하지.'라며 일을 멈추고 걱정하던 것이 헛된 일이었다는 사실도 깨달았습니다. 단지 시간 낭비일 뿐이었다고요.

젊은 왕은 바위산 꼭대기에 올라 바람과 독수리, 그리고 별과 함께 시간을 보내거나 도심 속 궁전에 있기도 했습니다. 그럴 때마다 그는 항상 백성들을 생각하며 일했지요. 그러나 누구도 그의 모습을 보지 못했습니다.

어느 화창한 여름날, 왕국의 전령은 아모르 왕의 시찰을 알렸습니다. 푸른 꽃의 개화를 확인하기 위해 드디어 여행길에 오른다나요. 또다시 평야에서 축제가 열릴 것이라고도 했습니다.

공중에는 황금빛 햇살이 충만하고, 하늘은 유례없이 푸르른 환상적인 날이었습니다. 왕관을 쓰고 말을 탄 아모르 왕이 궁전 입구에 모습을 드러냈습니다. 그의 두 눈은 왕실의 그 어떤 보석보다도 빛

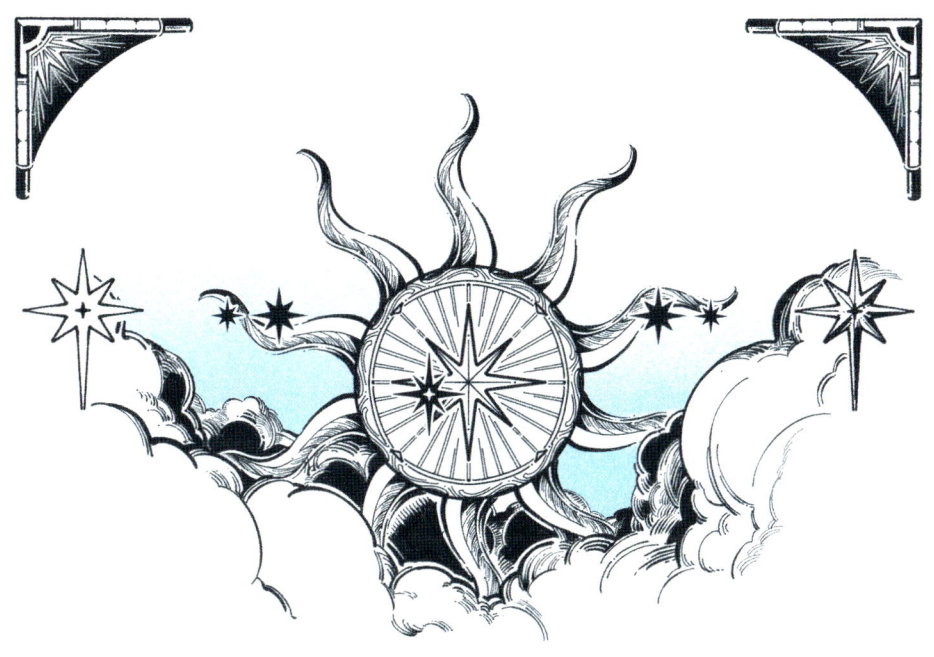

낮고, 입가에 걸린 미소는 일출 때의 태양보다도 찬란했습니다.

주변을 둘러보던 그는 더욱 환하게 웃을 수밖에 없었습니다. 추악한 장소는 온데간데없었고 너저분하던 구석까지도 온통 아름다움으로 가득 차서, 숨 쉴 때마다 콧속으로 향기가 물씬 퍼질 정도였기 때문입니다. 온통 푸른 꽃으로 이뤄진 세상이 손을 흔들며 인사하는 것만 같았습니다.

꽃은 다 쓰러져 가는 집과 울타리를 덩굴처럼 타고 올라가 덮어 버리는가 하면, 방치된 들판과 정원에 싹을 내리기도 했습니다. 모두가 밭 마지기 아니 최소한 몇 줄기라도 심을 공간을 만들기 위해 주변의 쓰레기와 오물을 깨끗이 치웠기 때문에 모든 것이 깔끔하게 보였습니다. 더러움과 무질서 속에서 꽃을 키우는 것은 술을 마시고

다투는 시간에 푸른 꽃을 피우는 것만큼이나 말이 안 되는 일이니까요. 왕국의 길섶, 민가의 안뜰이나 창가, 작은 틈이나 벽 사이, 깨진 지붕 위, 부자들의 정원이나 창턱 혹은 빈자들의 허름한 집 문간에까지 푸른 꽃은 아름답고 향기롭게 물결치고 있었습니다.

꽃이 한 번 살랑댈 때마다 쓰레기와 오물은 자취를 감췄고, 왕국에서 가장 둔감한 사람조차도 온 나라를 휩쓰는 변화의 물결을 눈치챌 정도였습니다. 일종의 마법이 왕국 전체를 바꿔 버린 것 같았지

요.

 진심으로 웃는 법과 몸을 청결히 하는 법을 배운 사람들은 더욱 활기차고 명랑해 보였으며 아픈 사람도 드물었습니다. 어느 순간 그 사실을 눈치챈 백성들은 드디어 왕이 말한 푸른 꽃의 마법이 발휘되기 시작했다고 서로 말하곤 했습니다.

 아이들은 명랑해지고 혈색이

돌았고, 영리한 소년과 그의 동료들은 새 옷까지 지어 입었습니다. 한 번도 잊은 적이 없는 격언을 되새기면서요. 아이들이 더 이상 빈둥대거나 싸우거나 혹은 못된 장난을 치지 않자, 모든 농부는 그들이 자신들의 밭에서 일하길 원했습니다.

왕은 말을 타고 계속해서 나아갔습니다. 왕궁에서 멀어질수록 그의 웃음은 더욱 찬란하고 행복하게 빛났습니다.

그러나 첫 번째 축제 날 봤던 어린 절름발이를 만났을 때보다 더 멋진 순간은 또 없었습니다. 군중 끄트머리에서

아무것도 기대하지 않던 바로 그 아이였죠.

　아이는 도시 외곽의 작고 허름한 집에 살고 있었는데, 반짝이는 행렬이 그곳 가까이에 다다를 때까지도 푸른 꽃은 전혀 보이지 않았습니다. 정원에조차 꽃 한 줄기도 없었지요. 대신에 부서진 문간 계단에 웅크리고 팔로 얼굴을 가린 채 조용히 흐느끼는 어린 절름발이가 있을 뿐이었습니다.

백마를 멈춰 세운 아모르 왕은 절름발이와 황폐한 정원을 번갈아 보았습니다.

왕이 말했습니다.

"이곳에서 무슨 일이 있었는가? 이 정원은 사람의 손길이 닿은 곳이다. 누군가 땅을 일구고 잡초를 제거했으니 말이다. 그러나 정작 중요한 푸른 꽃이 없으니, 결국 법을 어긴 것이다."

그러자 어린 절름발이는 벌벌 떨며 일어났습니다. 그는 곧 무너질 듯한 대문을 넘어와 땅바닥에 몸을 바짝 붙였습니다. 백마 앞에 엎드린 아이는 절망적이고 비통하게 흐느꼈습니다.

절름발이는 오열했습니다.

"오, 왕이시여! 꽃이 한 뿌리도 없으니 저와 같은 보잘 것없는 절름발이는 단숨에 목이 잘리겠지요. 낱낱이 털어놓겠습니다. 씨앗이 담긴 봉지를 받았을 때, 너무 기쁜 나머지 바람이 거세게 분다는 사실도 잊을 정도였습니다. 그 순간 강한 돌풍이 불었고 정신을 차려 보니 손안에 남은 것이 아무것도 없었습니다. 너무나 두려워 누구에게도 말하지 못했습니다."

그러고는 말을 할 수 없을 정도로 울기 시작했습니다.

젊은 왕은 점잖게 말했습니다.

"계속 말해보게. 이후엔 무엇을 했는

가?"

어린 절름발이는 대답했습니다.

"할 수 있는 게 아무것도 없어 그저 정원을 정돈하고 잡초를 뽑기만 했습니다. 때로 이웃에게 작게 땅을 파는 것을 도와 달라고 했습니다. 밖에 나갈 때면 항상 주변에 보이는 흉한 것을 주워 오기 때문입니다. 저나 이웃이 판 구멍에 종잇조각이나 쓰레기를 묻곤 했죠. 어쨌거나 저는 법을 어겼습니다."

아모르 왕이 말에서 내려 모두가 어린 절름발이의 얼굴을 볼 수 있도록 안아 올렸습니다. 백성들은 겁에 질려 숨을 헐떡였습니다.

왕이 말했

습니다.

"너는 오늘 나와 함께 말에 올라 가까이에 별과 태양이 있는 바위산의 성으로 간다. 그대는 이미 매일같이 꽃을 심어왔다. 황량하고 좁은 정원에서 잡초를 뽑을 때마다, 다른 사람을 위해서 더럽고 어수선한 것을 치우고 묻을 때마다 그랬지.   너는 다른 누구

보다 더 많은 꽃을 심었으며, 심지어 씨앗 하나 없이 그 일을 해냈다. 네가 바로 가장 달콤한 보상을 받을 이로다."

그리하여 백성들은 기쁨이 온 세상을 울릴 때까지 환호성을 질렀습니다. 불현듯 그들은 깨달았습니다. 모드레스 왕의 나라에 태평성대가 도래했다는 사실을요. 필시 푸른 꽃이 마법을 부린 걸 테지요.

평야에서 열린 잔치가 끝난 어느 날, 아모르는 태고의 존재에게 말했습니다.

"대지는 언제나 마법으로 가득 차 있지만, 대부분 그 사실을 몰라 불행해집니다. 마법에는 대원칙이 하나 있습니다. 마음을 아름다운 생각으로 가득 채우면 추악한 생각은 절로 설 자리를 잃는다는 것이죠. 나는 이것을 당신과 내 형제인 별을 통해 배웠습니다. 그래서 백성들

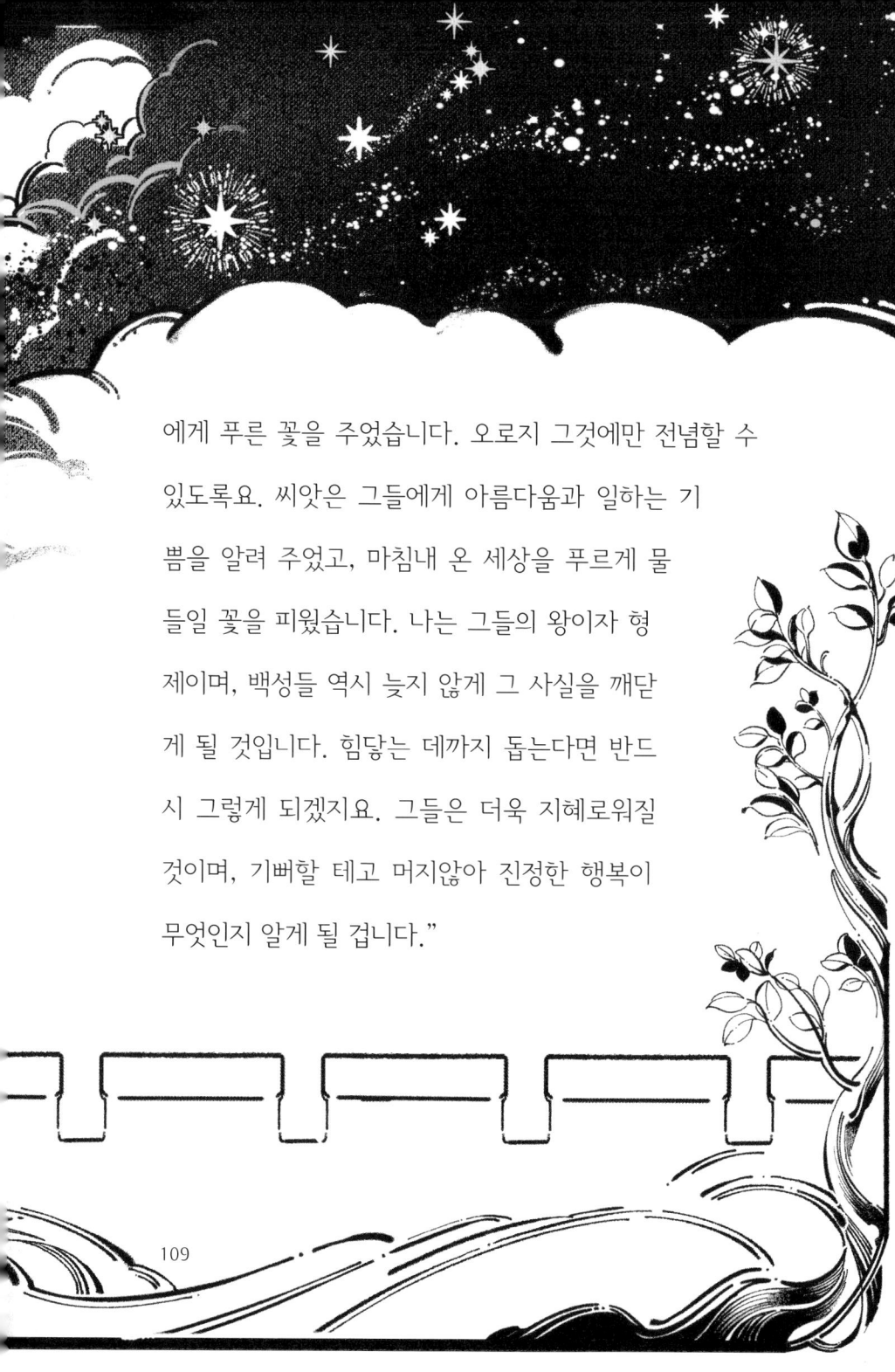

에게 푸른 꽃을 주었습니다. 오로지 그것에만 전념할 수 있도록요. 씨앗은 그들에게 아름다움과 일하는 기쁨을 알려 주었고, 마침내 온 세상을 푸르게 물들일 꽃을 피웠습니다. 나는 그들의 왕이자 형제이며, 백성들 역시 늦지 않게 그 사실을 깨닫게 될 것입니다. 힘닿는 데까지 돕는다면 반드시 그렇게 되겠지요. 그들은 더욱 지혜로워질 것이며, 기뻐할 테고 머지않아 진정한 행복이 무엇인지 알게 될 겁니다."

바위산 위의 성에서 태양과 별 가까이 살던 어린 절름 발이는 힘세고 정직하게 성장했습니다. 그리하여 그는 왕의 수석 정원사가 되었지요.

한편 영리한 소년은 푸른 꽃의 연대의 대장이 되었습니다. 얼마 지나지 않아 연대는 왕의 호위대가 되었으며 그의 곁을 한시도 떠나지 않았습니다.

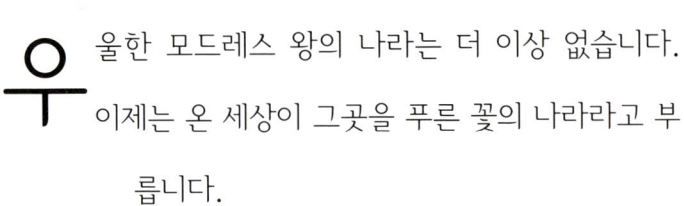

우울한 모드레스 왕의 나라는 더 이상 없습니다. 이제는 온 세상이 그곳을 푸른 꽃의 나라라고 부릅니다.

옮긴이의 말
음울한 왕국에 만발한
푸른 꽃의 마법

　절망 속의 희망. 진부하지만 울림이 있는 말입니다. 누군가는 신화『판도라의 상자』를 떠올릴 법합니다. 그러나 깊은 절망의 진창에 빠진 사람이 과연 쉬이 희망을 품을 수 있을까요?

　사악한 모드레스 왕의 폭정에 시달리는 왕국의 백성들은 우울하고 자기 자신밖에 모르는 겁쟁이들입니다. 과도한 세금 때문에 먹고살기 급급해 시야는 저절로 좁아지고 인심 또한 각박해진 것이죠. 우울하고 주눅 든 그들의 시선은 땅바닥에서 떨어질 생각을 하지 않습니다. 하늘은커녕 정면조차도 보지 않는 그들에게서 확인할 수 있는 감정은 딱 하나뿐입니다. 바로 체념이죠. 절망에 익숙해진 사람이 희망을 품는 방법마저 잊었을 때 으레 찾아오는 감정입니다.

『푸른 꽃의 나라』의 주인공 아모르 왕이 막 왕위를 넘겨받았을 때, 이미 온 왕국은 체념이라는 비탄에 빠진 상태였습니다. 그곳은 비참한 현실에 저항할 생각도 못 하는 백성들과 무심히 그들을 괴롭히는 귀족들로 가득했죠. 빈민가와 왕궁을 고루 살피며 실태를 확인한 아모르 왕은 밤낮으로 고민합니다. 관성적인 체념과 만성적인 괴롭힘을 모두 바로잡아야 했기 때문입니다.

험준한 바위산에 올라 밤하늘의 별을 보며 자문하던 그는 한 가지 묘책을 떠올립니다. 얼마 지나지 않아, 왕국에 푸른 꽃의 법이 선포됩니다. 남녀노소, 빈부귀천을 가리지 않고 모두가 푸른 꽃을 피워야 한다는 법이었죠. 처음엔 불평불만으로 가득했던 사람들은 곧 푸른 꽃을 가꾸는 일에 몰두하게 됩니다. 그리하여 온 왕국에 푸른 꽃이 만발했을 때, 우울한 모드레스 왕의 나라는 비로소 푸른 꽃의 나라로 탈바꿈하게 됩니다.

아모르 왕이 푸른 꽃의 법이라는 묘책을 떠올릴 수 있었던 것은 그에게 참된 스승이 있었던 덕분입니다. 현명한 아모르의 모친이 그녀의 스승이자 친우인 태고의 존재에게 갓 태어난 아모르를 맡겼던 것입니다. 그는 아모르와 함께 바위산의 성에 살면서 지혜와 지식을 전해 주었죠. 자연을 벗 삼아 사는 행복에 대해서 알려준 사람도 역시 그입니다. 사악한 모드레스 왕의 아들이기도 한 아모르는 태고의 존재와 함께 살면서 선량하고 지혜로우며, 아름답게 성장하게 됩니다. 태고의 존재가 아모르에게 아낌없이 가르침을 주지 않았다면, 혹은 아모르가 그 가르침을 실천하지 않았다면 왕국은 여전히 우울한 모드레스 왕의 나라였을 터입니다.

이야기 속에서 누구도 소외된 사람이 없다는 점도 주목할 만합니다. 몸이 불편한 절름발이 아이는 끝내 푸른 꽃을 피우지 못 합니다. 그러나 아모르 왕은 아이를 처벌하지 않습니다. 도리어 아이가 쏟은 노력을 치하하며, 최고의 꽃을 피운 보상을 수여하죠. 그 꽃의 이름은 아마도 '최선'일 것입니다. 결과보다 과정이, 모두가 같은 결과를 만드는 사회가 아닌 능력껏 노력하는 사회의 일원이 더 중요하다고 말하는 장면이기도 합니다. 각박한 현실을 사는 어른이라면 한 번쯤 바랐던 사회가 아닐 수 없습니다.

온 나라에 만발한 푸른 꽃은 자연을 구심점으로 이야기를 엮는 프랜시스 호지슨 버넷 작가 특유의 개성이 등장하는 대목이기도 합니다. 또한 푸른 꽃은 왕국의 모든 이들이 합심해 가꾼 결과물이자 노력의 산물입니다. 한편으로는 희망

그 자체를 상징하기도 합니다. 절망 속에 피어난 꽃에 붙이는 이름으로 희망보다 더 어울리는 말이 또 있을까요.

푸른 꽃의 법을 선포한 아모르 왕은 백성들에게 오롯이 아름다운 생각에 전념하는 방법을 알려 주고 싶었다고 말합니다. 왕국의 모든 이들은 씨앗을 뿌리고 꽃을 가꾸는 동안 분명히 깨달았을 것입니다. 희망을 품고 현실로 만드는 방법을 말이죠.『푸른 꽃의 나라』를 읽는 모든 독자 여러분들도 그와 같은 위로와 희망을 얻을 수 있기를 바랍니다.

조현희.

푸른 꽃의 나라

1판 1쇄 인쇄 2024년 3월 18일
1판 1쇄 발행 2024년 3월 27일

원 작 프랜시스 호지슨 버넷
그 림 실
옮 김 조현희
편 집 조현희

발행처 희유 출판사   **출판등록** 2024년 1월 2일   제2024-00001호
주 소 경기도 용인시 기흥구 용구대로2469번길 164, 208호(보정동)
이메일 huiyu0101@naver.com
블로그 https://blog.naver.com/huiyubooks
홈페이지 www.huiyubooks.modoo.at
인스타그램 @huiyubooks
제작처 북크림

ISBN 979-11-986130-3-5 (07840)
ISBN 979-11-986130-2-8 (세트)

* 삽화가와 출판사의 서면 허락 없이 내용의 일부 또는 전부를 무단 인용하거나 발췌하는 것을 금합니다.
* 잘못된 책은 구입하신 곳에서 교환해 드립니다.
* 책값은 뒤표지에 있습니다.